LA Gloire,

ODE COURONNÉE

AUX

JEUX FLORAUX,

au Concours de 1827:

SUIVIE DE

Fables & Poésies diverses.

A PARIS,

Chez { SEGUIN, Libr., rue St.-Jacques, n° 41.
{ PONTHIEU, Libraire, au Palais Royal.

A TOULOUSE,

Chez VIEUSSEU, Imprimeur-Libraire.

1827.

Y

LA GLOIRE,
ODE COURONNÉE
AUX
JEUX FLORAUX
au Concours de 1827,

SUIVIE

de quelques autres Poésies;

Par J. D., de Nîmes, Membre de l'Université;

Joseph Dumas

PARIS,

Chez { SEGUIN, Libraire, rue S.t-Jacques n.º 4r.
PONTHIEU, Libraire, au Palais Royal.

A TOULOUSE,
Chez VIEUSSEU, Imprimeur Libraire.

1827.

PRÉFACE

DE L'AUTEUR.

En couronnant, contre mon attente, l'Ode à la *Gloire*, l'Académie des Jeux Floraux m'a encouragé à publier ce petit Recueil de Poésies; j'ai dû le restreindre ainsi : heureux, s'il ne paraît pas encore trop long ! l'accueil qu'il recévra du public m'apprendra si je puis le faire reparaître dans des bornes moins resser-rées.

LA GLOIRE,

ODE COURONNÉE

AUX

Jeux Floraux

au Concours de 1827,

SUIVIE

de quelques autres Poésies.

Quà me quoque possim
Tollere humo.

SEULE Divinité commune à tous les âges,
Idole des Héros et peut-être des sages,
Permets qu'à tes autels j'apporte mon encens ;
O fantôme divin, pour les fils de la lyre

Serait-il d'autre bien qui valut ton sourire ?
Toi seul peux inspirer et payer leurs accens.

Ah ! Si de mes destins le ciel m'eût laissé maître,
Mon cœur sous d'autres lois t'eût préféré peut-être,
D'un amour partagé les tranquilles plaisirs ;
Mais le sort a rompu cette chaîne adorée,
Toi seule as des trésors, dont l'immense durée
Égale des mortels les immenses désirs.

Vainement envers nous la nature sévère
Rapprocha du berceau la couche funéraire ;
L'homme par ce torrent n'est pas tout emporté :
Prêtre de tes autels, l'homme te sacrifie
L'attrait des vains plaisirs, le songe de la vie ;
Tu l'admets en échange à ton éternité.

Que lui font désormais les ombres éternelles ?
Son génie emporté sur tes puissantes ailes
Traverse tous les temps, vole en tous les climats :
Du feu qu'il alluma les cœurs brûlent sans cesse :
Fuyez, fiers Ottomans ; qui peut vaincre la Grèce,
Aux lieux que de son sang marqua Léonidas ?

Ainsi, toute vertu que ton regard éclaire,
Nouvel astre, allumé pour guider le vulgaire,
Jette sans s'épuiser un céleste rayon :

Les siècles renaissans respectent sa durée ;
Ils usent les soleils sous la voûte azurée,
Sans affaiblir l'éclat dont tu couvres Caton.

Par toi les vrais héros ont un sûr apanage :
Trop souvent le succès a trompé leur courage ;
Tu défends la vertu des caprices du sort :
Si le crime vainqueur règne un moment sur elle,
Tu redonnes les rangs dans l'histoire éternelle ;
Et de Brutus vaincu le laurier croît encor.

Que dis-je ! des heureux, loin de suivre les traces,
Noble amante surtout des illustres disgraces,
Le héros qui succombe a ton plus digne prix :
Ainsi, lorsque Paulus te dévouait sa tête,
Tu lavas dans son sang l'affront de sa défaite,
Et rendis ses vainqueurs de sa gloire surpris.

Ainsi, lorsque brisant de trop faibles barrières,
L'aigle, fléau des Rois, long désespoir des mères,
Eut ressaisi la foudre et l'empire des airs ;
Quand l'Europe aux combats par ses revers formée
Contre les fiers débris de l'invincible armée,
Aux champs de Waterlô disputait l'univers ;

Tu vis nos légions, par le ciel condamnées,
Tomber, sans démentir tant de grandes journées,

S'entourer en mourant des plis de leurs drapeaux,
Et montrant à leur chef sa garde moissonnée,
Dont l'aspect trouble encor la victoire étonnée ;
« Hâte-toi, disais-tu, de suivre tes héros !

« De tes premiers revers nul mortel n'eut la gloire;
Descendu toujours grand de victoire en victoire,
Privé du trône seul, sans honte tu vécus :
L'aigle était disparue au milieu de l'orage,
Comme au pied d'Ileon les Dieux dans un nuage
Enlevaient les héros tout près d'être vaincus.

« Plus sévère aujourd'hui, le destin inflexible,
Va t'enlever le sceptre et le nom d'invincible,
Dernier bien que vingt Rois n'avoient pu te ravir;
Tu foulais les traités : ton superbe courage
En appelait au glaive, au démon du carnage :
Tes Dieux ont prononcé, tu n'as plus qu'à mourir.

« N'es-tu plus ce guerrier prodigue de sa vie,
Et ne t'a-t-on pas vu dans l'antique Italie,
Dès Sylla, des César égalant les hauts faits,
Sur un pont chancelant qu'assiége la tempête,
Seul, aux traits foudroyans de l'aigle à double tête,
Opposer ta fortune et le drapeau français ?

« Mais tu ne veux que vivre et ma voix t'importune,

Tu fuis, laissant les tiens plus grands que leur fortune,
Conquérir en mourant d'héroïques tombeaux;
Va tomber aux genoux du superbe insulaire ;
Tu pleureras sept ans sur un roc solitaire ,
L'instant qui t'est donné pour mourir en héros ».

ODES,

Fables & Poésies diverses.

ODE I.

Le dévouement des Ipsariotes.

AOUT 1824.

A day , an hour of virtuous liberty
Is worth a whole eternity in bondage.

« ESCLAVES révoltés , rentrez dans votre chaîne;
Le temps a du destin consacré les arrêts :
Fils des Grecs, c'en est fait, toute espérance est vaine;
Qui put servir un jour est esclave à jamais ».

Ainsi, loin des dangers, notre fière mollesse
Près d'un foyer paisible insultait à leurs maux ;
Ainsi nous accusions les enfans de la Grèce :
Que nous répondaient-ils ? ils mouraient en héros.

Défenseurs d'Ipsara, qu'importe la victoire !
Votre sort en tombant est digne encor de vous :
Que vos rochers sanglans nous racontent de gloire !
Le rocher des trois cents lui-même en est jaloux.

Déjà dans vos remparts l'affreuse perfidie
Laisse entrer sans combat les Scytes et la mort ;
Un temple des fureurs de cette horde impie
Défend les seuls chrétiens qui résistent encor.

« Laissons, a dit le chef, une vaine espérance ;
Cet azile ébranlé va bientôt nous trahir ;
Grecs, au lieu de la vie embrassons la vengeance,
Rien ne peut nous sauver : mais ils peuvent mourir.

« Que ces grains foudroyans récelés dans l'abime,
De la mort sous leurs pas réveillent les fureurs ;
Que ces bords qu'un moment leur a soumis le crime,
En volcan transformés dévorent leurs vainqueurs.

« De ces rocs enlevés à leur base profonde
Dispersons les débris sur leurs fronts orgueilleux ;
Lançons, pour écraser ces ennemis du monde,
Ces voûtes, ces remparts, et nous même avec eux !

« Accours, ô liberté, viens défendre ta gloire !
Change leurs cris de joie aux soupirs de la mort :
Viens, montre-leur qu'il faut trembler dans la victoire,
Tant que de tes soldats un seul respire encor.

« Que des fils d'Ipsara la chûte magnanime
De l'Europe chrétienne aille troubler les Rois :
Dignes en expirant d'une cause sublime,
Forçons-les à rougir d'avoir trahi la Croix ».

Il dit : les feux en main, rayonnant d'alégresse,
Au dépôt de la mort s'élancent les héros :
« Renaissez, jours divins, âge d'or de la Grèce !
Vive la liberté !... du moins sur nos tombeaux !

Et lorsque déchirant ses retraites profondes
Partout en même temps le salpêtre indompté
Semait d'affreux débris le rivage et les ondes ;
L'écho disait encor : vive la liberté !

ODE II.

Le libre arbitre.

Diviene'l fato ciò ch'abbiam voluto.

Quand l'intelligence première
Méditant les mondes nouveaux,
Loin du séjour de la lumière
Planait sur l'antique cahos :
La matière étonnée, à ses lois souveraines
Sentit soudain fixer dans des bornes certaines
Ses mouvemens confus sans mesure et sans lois ;
La vie impatiente à son maître docile,
     Pour animer l'argile
     N'attendait que sa voix.

Il a dit ; au loin dans l'espace
Les soleils ont étincélé ;
Et déjà la terrestre masse
Dans l'orbe prescrit a roulé ;
Les mers ceignent ses flancs de leur ceinture immense :
Le fleuve vers son lit du sein des monts s'élance ;

Mille êtres ont peuplé les airs, l'onde et les bois :
Mais le monde imparfait sans pensée et sans maître,
    Demande encore un être
    Qui lui donne des lois.

    Dieu rassemble enfin la poussière
    Que choisit son ordre éternel
    Pour régir librement la terre,
    Pour servir librement le ciel ;
Mais prêt à la douer de l'active pensée,
Il voit pour quels forfaits une race insensée
Usera contre lui de ce fatal bienfait ;
Il le voit, il gémit ; par la pitié domptée
    Sa main s'est arrêtée
    Sur l'ouvrage imparfait.

    Quel est l'arbre, femme infidèle ;
    Où te conduit ce guide affreux !
    Dieu ! le sang du juste ruisselle !
    Sa voix s'élève vers les cieux.
A quels temples nouveaux court cette foule impure ?
Pour quels dieux quittent-ils le dieu de la nature ?
De leur iniquité tous se sont revêtus ;
Ils ont tous fatigué, dans leur fureur rebelle,
    La clémence éternelle ;
    Dieu parle : ils ne sont plus.

Enfans de la race choisie
Que seule ont respecté les mers;
Quoi! vous suivez la route impie
Où se perdit l'autre univers!
Vos forfaits ont passé ceux des antiques races;
Les messagers de dieu vous portent ses menaces:
Vous fermez à leur voix votre oreille et vos cœurs :
Vers vous du haut des cieux descendue elle-même
  La sagesse suprême
  Éprouve vos fureurs.

  A cet effroyable salaire
Qu'à ses dons gardent les mortels,
L'esprit de vie et de lumière
Détourne ses yeux paternels :
» Ainsi donc, a-t-il dit, à mes lois éternelles
Tant d'êtres moins parfaits seront toujours fidèles:
L'homme seul doit troubler ce monde fait pour lui ;
L'homme seul doit franchir les bornes salutaires
  Qu'à ses vœux téméraires
  Je prescris aujourd'hui !

  » Faut-il qu'une utile ignorance,
Remplaçant ce savoir fatal,
Éloigne son intelligence
De l'empire inconnu du mal !

Ou faut-il que régnant sur sa volonté même
L'irrésistible arrêt d'une force suprême,
Le contraigne sans choix à vivre vertueux ;
Et qu'il suive mes lois comme fait la matière
  Comme tombe la pierre,
  Comme montent les feux ?

  » Quoi ! d'une essence moins grossière,
 Digne des célestes séjours,
 Je n'ennoblirai point la terre
 OEuvre incomplette de six jours ?
Quoi ! les mortels, envain parés de mon image
Rendant à la vertu leur plus noble partage
Des tributs avilis par la contrainte offerts :
Ne faut-il qu'à leurs yeux dérober leurs entraves ?
  Seront-ils moins esclaves
  Pour ignorer leurs fers ?

  Liberté, source aux doubles ondes,
 Sentier des enfers et des cieux,
 Ainsi que le flambeau des mondes
 Tu vends cher tes dons précieux :
La nature sans lui languirait abattue ;
Mais de feux destructeurs il féconde la nue,
Sous ses rayons brulans se corrompent les airs
Faut-il donc éteignant sa lumière nouvelle

A la nuit éternelle
Rendre cet univers?

» Ainsi, puissante intelligence
Que ce limon va recevoir,
Puis-je, sans changer ton essence,
T'ôter le choix de ton devoir?
Non, libre comme moi, comme moi souveraine,
Maîtresse de tes vœux, maîtresse de ta haine,
Mes lois t'éclaireront sans jamais t'asservir :
Quel salaire devrai-je à ton obéissance
Si tu n'as la puissance
De ne pas obéir?

« Toutefois ma grâce éternelle,
En t'exilant dans ce séjour
De ta demeure paternelle,
T'aplanira l'heureux retour :
J'oublierai tes erreurs pour une seule larme,
Mais des moindres vertus l'ineffaçable charme
Vivra toujours nouveau devant mes yeux ravis :
Ma joie à leur image égalera la joie
Qu'à l'épouse j'envoie
Quand je lui donne un fils.

« Trop souvent, hélas! pour le vice
Abjurant ton séjour natal,

2

Tu suivras la voix séductrice
Tu serviras l'esprit du mal :
Mais tu portes ton juge, il veillera sans cesse,
Aux importuns accens de sa voix vengeresse,
Le criminel en vain voudra se dérober :
Son plus cruel tourment sera de reconnaître
Qu'il avait été maître
De ne pas succomber. »

ODE III.

André Chénier.

Que de beaux chants je méditais encore!
MILLEVOYE.

TEL prêt à se fier à ses naissantes ailes,
Le jeune Aiglon du haut des roches paternelles
Jette sur la nature un œil audacieux;
Et superbe à l'aspect de son empire immense,
Il prépare déjà, monarque en espérance,
Ses serres à la foudre, et ses ailes aux cieux:

Mais un vil ennemi que la fange a vu naître
De replis en replis glisse, monte, et pénètre
De l'héritier des airs les sublimes séjours:
Dans son étreinte impure étouffé sans défense,
Des destins glorieux promis à son enfance,
Un reptile sans nom à dévoré le cours:

Ta jeune muse ainsi vers les cieux élancée,
Et Rivale en naissant de Tibulle et d'Alcée
Célébrait les amours, la liberté, les lois:

Quand les impurs soutiens de l'affreuse anarchie
Vils brigands, qu'alarmait ton vertueux génie,
Dans ton sang généreux éteignirent ta voix.

A peine franchissant la barrière olympique
Le regard enflammé d'un espoir héroïque
Tu pressais de tes cris tes coursiers écumans,
Et déjà, (de leur vol telle était l'assurance !)
Les antiques vainqueurs t'adoptaient par avance,
Et préparaient ta place au milieu de leurs rangs.

Long-temps des passions vif et tendre interprète,
Le Dieu des jeunes cœurs te nomma son poëte ;
La beauté se plaisait à répéter tes chants :
L'amour montait ta lyre, et sous tes mains savantes,
Fidèle au sentiment comme aux grâces riantes,
Mariait ses soupirs à leurs légers accents ;

Mais quand ton œil eut vu l'audace et la licence
Troubler le jour nouveau qui brillait pour la France,
Sur les débris des lois s'élever en tout lieu,
Et de la liberté prêtres illégitimes
Dans son temple entasser victimes sur victimes,
Et noyer dans le sang et l'Autel et le Dieu ;

Oh ! comme dévoré d'une plus noble flamme,
Ton courroux en des vers brûlants comme ton âme

Versa sur eux la haine et le mépris vengeur,
Inexorable, armé des flèches du génie,
Dont ta mâle vertu frappait leur troupe impie
Jusque sur les autels que leur dressait la peur!

Tels ces grains enflammés dans nos Fêtes brillantes,
Dociles à tracer mille formes riantes,
D'un éclat innocent amusaient nos regards;
Mais aux camps des combats, fiers rivaux du tonnerre,
Ils font gronder les cieux, ils font trembler la terre,
Moissonnent les guerriers et brisent les remparts.

C'est peu d'avoir flétri cette horde sauvage;
Tu revêts la vertu qui succombe à leur rage
De l'éclat mérité d'un triomphe immortel:
L'héroïne a reçu ton héroïque hommage; (1)
Digne en le célébrant d'imiter son courage
Près de son échaffaud tu dressais son autel.

D'un sénat de tyrans tu bravas la furie,
Quand d'un roi, quand d'un père ils proscrivaient la vie
Au nom d'un peuple en deuil tremblant de leur forfait;
En vain tu réclamas l'appel de leur sentence (2);

----

(1) L'Ode à Charlotte Corday.
(2) Ce fut Chénier qui après la condamnation de Louis XVI,
rédigea l'appel au peuple.

Mais ils n'ont pu , du moins , rejeter sur la France
De cet arrêt sanglant l'épouvantable faix.

C'est ainsi qu'aux bourreaux disputant leur victime ,
D'un front découronné défenseur magnanime ,
Le même fer sur toi se levait à tes yeux :
Et ton dernier regret laissa demi cueillie
Cette palme des vers qu'à ton naissant génie
Croissante réservait l'avenir glorieux.

Va, ne t'afflige point de ta jeune mémoire :
Que perds-tu ? de trente ans de succès et de gloire ,
Un jour de dévoûment a compensé le prix :
Eh ! quel titre nouveau , quelle palme plus belle
Eût augmenté l'éclat de ta gloire immortelle ?
Tu meurs pour la vertu , les lois et ton pays.

ODE IV.

A Bolivar. (1)

FÉVRIER 1827.

Ecce parens verus patriæ, dignissimus aris.
PHARS. 9.

LES peuples se disaient : « par quel destin contraire
Au glaive des tyrans ne peut-on se soustraire
      Sans changer d'oppresseurs ;

(1) Ce n'est pas un des moindres inconvéniens, pour les écrivains de notre époque, que la difficulté de se former une opinion sur les personnages à qui se rattachent les espérances ou les craintes des partis. J'avais lu dans le journal *des Débats*, presque tout ce que je dis ici de Bolivar ; ce tableau avait exalté mon imagination ; il est si doux de pouvoir croire à une vertu parfaite ! Le hasard fait tomber la *Quotidienne* dans mes mains : j'y vois Bolivar peint comme un ambitieux, également fourbe et sanguinaire, qui tend par toutes sortes de voies au pouvoir absolu ; ces deux journaux tiennent pourtant au fond à une même opinion ; que serait-ce si on en consultait d'autres d'une couleur plus apposée ? forcé de choisir, j'ai dû préférer la version la plus

Pourquoi sous les saints noms de vertu, de patrie;
Toujours l'ambition, l'avarice, l'envie
   Guident-ils nos vengeurs ?

 « Que de libérateurs bientôt se démentirent,
Et des débris des fers dont ils nous affranchirent
   Forgeaient des fers nouveaux;
Tandis qu'en cent combats de son sang épuisée,
Aux cris de liberté, la patrie abusée
   En rivait les anneaux !

 « Ne naîtra-t-il jamais un héros véritable
Qui d'un titre plus beau, d'un trône plus durable
   Osant être jaloux,
Sur les restes sanglans des ligues étoufées,
Nous permette une fois, respectant nos trophées,
   D'avoir vaincu pour nous ?

 « Qui, digne défenseur de cette cause sainte;
Comme sur ses drapeaux porte en son âme empreinte
   La liberté, les lois;

---

honorable, la plus consolante pour l'humanité. Ce qu'il y a de
plus pénible, c'est qu'il est difficile de s'imaginer que des juge-
mens si contraires sur le même objet, aient pu être prononcés
tous les deux de bonne foi; quand viendra le temps où on ne
suivra en écrivant que la voix de son cœur? où on saura reconnaître, où on osera louer la vertu quelle que soit sa bannière,
et qu'elle serve ou non nos intérêts particuliers ?

À leur, divin aspect déposant son tonnerre,
Et content d'obtenir le bonheur de la terre
　　　　Pour prix de ses exploits ? »

Peuples, n'espérez point que la race mortelle
Puisse voir un héros régler sur ce modèle
　　　　Et son cœur et son bras ;
Cessez d'attendre en vain cette vertu suprême :
Nul siècle ne l'a vue, et la fable elle-même
　　　　Ne l'imagina pas.

Que dis-je ! jusqu'à nous la voix des Amériques
N'a-t-elle pas porté les exploits héroïques
　　　　De ce chef indompté,
Qui, sous ses pieds vainqueurs foulant la tyrannie,
Demande seulement à la terre affranchie
　　　　Sa part de liberté !

Vertueux conquérant, ton glaive est tutélaire ;
Salut, digne vengeur du nouvel hémisphère ;
　　　　Sa gloire et son soutien :
Pourquoi faut-il qu'ainsi ce vieux monde s'étonne
D'un héros tant de fois couronné par Bellonne
　　　　Et toujours citoyen ?

Trône vraiment divin ! majesté noble et sainte !
Bien loin, ô Bolivar, que la force ou la feinte
　　　　Soutiennent ta grandeur ;

De ce rang imposé dès que tu veux descendre
Les peuples effrayés te forcent de reprendre
   Ton sceptre protecteur.

Ce pouvoir bienfaisant, espoir de la patrie,
Leur libre volonté chaque instant le confie,
   Le conserve en ta main :
Les lois ne craignent rien de ta vaste puissance,
Maître de tous les cœurs, tout est sans défiance :
   Ne l'es-tu pas du tien ?

Pendant qu'il s'affermit à l'ombre de ton glaive,
Dans cet immense corps si la discorde élève
   Un cri séditieux (1),
Tu laisses au fourreau ta généreuse épée ;
Que faut-il pour calmer cette foule trompée ?
   Un regard de tes yeux.

Ainsi, quand du cahos Dieu brisant la barrière
A sa voix créatrice animait la matière,
   Et peuplait l'univers,
Les cieux virent soudain sous leurs voûtes profondes
Fourmiller les soleils, et s'ordonner les mondes
   A leurs postes divers ;

---

(1) Troubles de Combie ; général Paëz.

Plus d'un globe égaré dans sa course naissante
De la nature encore étonnée et tremblante
        Troublait l'ordre divin ;
Mais de ses mouvemens Dieu fixant la limite,
Le forçait d'un regard à rentrer dans l'orbite
        Que lui traçait sa main.

ODE V.

Le jeune Poëte mourant.

Nec tu divinam œneïda tenta
Sed longè sequere, et vestigia semper adora.

Parle, parle sans crainte, élève d'Epidaure !
Vingt fois prête à s'ouvrir ta bouche hésite encore :
Pourquoi donc te troubler, toi qui vis tant mourir !
Mets la main sur mon cœur lorsque je vais t'entendre...
Ce n'était que la mort que tu voulais m'apprendre !
    Eh bien ! l'as-tu senti frémir !

Une fois en pleurant j'attendais ta sentence ;
Dans tes regards baissés je cherchais l'espérance ;
Comme au dernier appui je m'attachais à toi :
Ton art fut inutile à cette heure suprême ;
Croyais-tu maintenant me voir trembler de même ?
    Il ne s'agit plus que de moi.

Le guerrier, qui, chargé de sa pesante armure,
Veillait sous les frimats pendant la nuit obscure,

Bénit des voix d'airain l'accent libérateur ;
Et moi , du sort changeant éternelle victime ,
Que de fois j'ai gémi de ne pouvoir sans crime
    Quitter le poste du Seigneur !

Presse , presse ton vol, Courrière désirée ;
Il le permet enfin ; sur ton aile dorée,
Oh ! viens , emporte-moi vers le séjour divin ,
Qui garde par delà cette frêle nature ,
A ce besoin d'aimer sans fin et sans mesure ,
    L'être sans mesure et sans fin !

Vers la sainte demeure où le vice hypocrite
N'abuse plus les yeux de la terre séduite ,
Où la vertu n'est plus un titre à la douleur ,
Où l'âmer souvenir , les futures alarmes ,
Ne viennent plus jeter de terreurs ou des larmes
    Jusqu'en la coupe du bonheur !

Amis , ne pleurez point mes fleurs sitôt fanées ?
Qu'importe de s'éteindre en ses jeunes années ,
Si l'ennui , les chagrins ont seuls rempli nos jours ;
Quand d'épaisses vapeurs ont noirci l'athmosphère,
Qu'importe à l'univers que l'astre qui l'éclaire
    S'éclipse au milieu de son cours ?

Malheur à tout mortel qu'en sa faveur amère

Le ciel, sous d'humbles toits doua d'une âme fière,
Indocile à plier sous la verge du sort ;
Ces dons qui de ses ans devaient orner la course,
Que lui produiront-ils corrompus dès leur source ?
    Les douleurs, les regrets, la mort !

Le ciel, me refusant la flamme du génie,
M'avait donné du moins la franchise hardie
Qui ne sait exprimer que ce qu'elle pensa ;
Inflexible, jugeant des vertus ou des vices,
Sans s'informer du rang où, selon ses caprices,
    Le sort aveugle les plaça.

J'aimais à célébrer les martyrs de la gloire ;
Des guerriers dans leur chûte étonnant la victoire,
Le serviteur fidèle exilé loin des Rois ;
Le mérite opprimé me semblait plus auguste ;
Pour chanter le pouvoir, même bon, grand et juste,
    Je sentais se glacer ma voix.

— Et quel si noble prix excitait ton audace !
Ami, qu'espérais-tu ? — Conquérir une place
Au souvenir sans fin des siècles renaissans ;
Vain et dernier hochet que cet instant m'enlève !
Un rêve.... Je le sais : tout n'est-il pas un rêve !
    Mais nul ne dure aussi long-temps.

Au séjour de celui que l'univers implore.
De l'encens qui n'est plus le parfum monte encore;
L'écho des chants éteints prolonge le doux son;
Le fleuve desséché laisse long-temps fécondes
Les plaines qu'en leur cours alimentaient ses ondes,
    Et l'homme après soi laisse un nom !

Un nom .. Un grand exemple ! oui , la lyre divine
En chantant Marathon enfanta Salamine ;
César jaloux pleurait , et le monde a frémi ;
Mais des rayons plus doux de leur divine flamme ,
Marc-Aurèle et Trajan fécondaient la grande âme
    De Louis douze et de Henri.

La gloire, ô mes amis , c'est vous que j'en atteste ,
N'apparut à mes yeux que sous l'aspect céleste
D'un ange rayonnant d'une sainte clarté ;
Une torche à la main s'il eût frappé ma vue ,
J'aurais préféré l'ombre , et mon âme éperdue
    Aurait fui l'immortalité.

Et maintenant je meurs , à peine à mon aurore ;
La foudre a mutilé le bloc informe encore,
Mais prêt à s'animer sous un ciseau divin ;
Ce feu qui secondant ma généreuse envie ,
Dut , en me consumant , faire briller ma vie....
    Il m'a consumé, mais en vain.

N'importe ! vous , du moins , conservez ma mé-
    moire !
Si je vis dans vos cœurs , déshérité de gloire
Mon destin est encor digne d'être envié :
Eh ! quel laurier divin , quel pompeux mausolée
Pourrait charmer jamais mon ombre consolée,
    Comme un regret de l'amitié !

ODE VI.

Au Général Foy.

JUIN 1825. (1)

Silent, arrectisque auribus adstant:
Ille regit dictis animos et pectora mulcet.

Quand de nobles vertus, ou la brigue fatale,
Ont fait jaillir enfin de l'urne électorale
    Un nom victorieux ;
Le destin le poussant vers deux chemins contraires,
A l'organe nouveau des besoins populaires
    Ouvre un choix glorieux :
L'un n'offre aux yeux charmés que faciles délices ;
Tous les vents sont amis ; tous les astres propices
    Guident le voyageur ;
Il vogue doucement caressé de Zéphire,
Et touchant sans danger aux rives qu'il désire,
    Moissonne sans sueur ;

(1) Cette ode lui fut adressée à cette époque, peu de temps
avant la mort imprévue qui le ravit à la France.

L'autre est semé d'écueils sous la vague profonde ;
Il faut dompter les vents ; il faut vaincre de l'onde
   L'effort précipité ;
Point d'espoir de repos , point de port sur la rive ;
Qu'un instant le nocher laisse la rame oisive....
   Les flots l'ont emporté.
Mais quel prix différent au terme vous couronne ;
Là , des rangs , du pouvoir que le vainqueur mois-
  sonne
   Au gré de ses désirs ;
Ici , la voix publique , un regard de la gloire ,
Si puissant à changer la défaite en victoire ,
   Les travaux en plaisirs.
Quand s'ouvrit devant toi cette double carrière ,
O guerrier éloquent , âme intrepide et fière ,
   Tu n'as point hésité!
Que d'apas présentait l'aveugle obéissance !
Mais tu trouvas plus beau l'honneur sans récompense,
   La sainte vérité.
Dès-lors , jamais en vain le malheur respectable,
La sage liberté , le pouvoir équitable ,
   N'ont réclamé ta voix ;
Si des excès rivaux troublaient l'auguste enceinte ,
Tu savais balancer sans faveur et sans crainte ,
   Nos devoirs et nos droits.

D'autres ont reveillé les discordes fatales ;
Mais toi tu ralliais de deux gloires égales
      Les enfans désunis ;
Et tes vœux, pour hâter cette union divine,
Semaient des nobles fleurs du drapeau de Bouvine,
      Le drapeau d'Austerlitz.
L'Honneur, ce Dieu français, entendit ta prière ;
Il reconnut la voix, si long-temps familière
      Au milieu des hazards ;
Et vers ton noble front penchant son front sublime,
» Courage, disait-il, Elève magnanime
      De Minerve et de Mars !
» J'ai vu ton astre à peine entrant dans sa carrière,
Des astres, Rois des cieux, balancer la lumière
      De son premier rayon ;
Lorsque ton éloquence et brillante et profonde
Célébrait cette Croix que la France et le monde
      Appellent de mon nom,
» Ah ! Souviens-toi toujours que mon culte réclame
Ces vertus, ces talens qu'alluma dans ton âme
      Mon flambeau créateur ;
La France me doit tout ; là, mon feu seul anime
Le citoyen fidèle, et l'orateur sublime,
      Et le guerrier vainqueur.
» Mais ne t'alarme point dans ta noble carrière,

Si l'intrigue aux cent bras foule dans la poussière
    Mes soldats abattus ;
Du présent qui s'enfuit qu'importent les disgrâces ?
Pour l'immense avenir ceux qu'ont guidé mes traces
    Ne sont jamais vaincus.
» Le sort trahit en vain leurs vertus étouffées ;
Je fais briller leur chute au dessus des trophées
    Que leur devait le sort ;
C'est moi qui revêtis de splendeurs souveraines
Daguessau dans l'exil, Duguesclin dans les chaînes
    Et Marceau dans la mort.
» Laisse donc au dessous de ta sublime sphère
La faveur dispenser dans son règne éphémère
    Les bienfaits, les affronts ;
Le Français à venir lisant tes nobles pages,
De tes vainqueurs d'un jour, balayés par les âges,
    Ne saura pas les noms.

FABLES.

FABLE I.

Les deux amis et le juge.

A E. R., Professeur au Collége de Nîmes.

Tendre ami de mon premier âge,
Que jamais on ne vit enfant,
Dis-moi, comment tu fais, ardent autant que sage,
Pour réunir au sentiment
Une raison ferme et stoïque ?
A les mener de front vainement je m'applique;
Cette pauvre raison au moindre mauvais pas
Bronche, et le nez par terre : adieu ! son camarade,
Sans s'en inquiéter, galope avec fracas;
Aucun obstacle ne l'arrête;
Il va toujours du même train;
Jusqu'à ce que, pour prix de sa fougue indiscrète,
Quelque large fossé l'ait reçu dans son sein,

Et pourtant, quelquefois à bon port il nous mène.
  Témoin ce fait que je viens te conter,
Je l'affirme pour vrai, ne va pas en douter :
L'époque seulement en est un peu lointaine.

  On jugeait un homme accusé
D'un crime capital ; l'affaire était obscure ;
  Preuves de diverse nature
Combattaient des deux parts : le juge embarrassé
Se mettait sans profit l'esprit à la torture :
Quand se présente un homme éperdu, tout en pleurs,
Qui, de pays lointains, sur la triste nouvelle,
De l'ami que poursuit l'apparence infidèle
Accourait consoler, partager les douleurs.
  Jugez quelle fut l'entrevue,
Quels propos on se tint, et de la foule émue
Quel œil ne s'humecta, quel cœur ne s'attendrit !
Mais surmontant enfin la douleur qui l'oppresse,
  L'ami de l'accusé s'adresse
  Au juge lui-même, et lui dit :
» Seigneur, sa destinée à la mienne est unie :
Croyez-vous prononcer sur une seule vie ?
  Tous deux vous allez nous juger :
La lumière sans lui pour moi n'a plus de charmes ;
Quel que soit son arrêt je dois le partager : »

Il disait, et sa voix s'éteignit dans les larmes.
« Il suffit, dit le juge à l'instant convaincu ,
Puisqu'il sût mériter un ami si fidèle ,
    Je l'absous, un semblable zèle
    Ne brûle que pour la vertu ».

    L'intérêt entre des coupables,
    Peut former de fragiles nœuds ;
Mais le juge eut raison : les mortels vertueux
    Ont seuls des amis véritables.

FABLE II.

Le Singe et la Scie,

On raconte chez les Persans
Qu'un jour, quittant ses bois, un singe, d'aventure
De quelques pasteurs indigens
Aperçut la cabane; ils étaient lors aux champs
Et leur gîte restait sans gardien ni serrure.
La pauvreté du lieu les rendait superflus;
Des voleurs! que viendraient-ils faire?
Les maisons à verrous les attirent bien plus.
Notre singe entre donc, et d'abord considère
S'il n'est pas en ce lieu quelque objet de son goût;
Vainement il fouille partout,
Rien de bon à croquer; seulement à sa vue
S'offrent les instrumens des rustiques travaux,
Herses, socs, bêches et râteaux.
Une scie au mur suspendue
Le frappe, et l'animal toujours imitateur
De ce fer dentelé se rappelant l'usage
Veut lutter avec nous d'adresse et de vigueur,
Dans cet édifice sauvage

Une poutre au milieu soutenait tout le poids
   Du toit;
Le singe la choisit; sous sa main imprudente
La scie allant, venant, lentement pénétrait :
  Lui-même joyeux admirait
Les progrès de l'acier; » est-il rien que je tente
Envain, se disait-il, et l'homme mieux que moi
De ses inventions saurait-il faire emploi?
Mais pendant qu'il s'admire et demeure en extase
La poutre cède enfin, le toit tombe et l'écrase.

  Ainsi quand d'adroits séducteurs
Lancent en badinant quelque trait sur les mœurs,
Si la grâce et l'esprit semblent parer le vice
On nous voit trop souvent applaudir à ses coups;
Oubliant follement qu'ils minent l'édifice
  Sous lequel nous reposons tous.

FABLE III.

Le Taureau, le Chien et le Tigre.

Au temps que les Princes avaient
Des amis ; l'époque est lointaine ;
C'était peut-être au temps que les bêtes parlaient,
Comme dit le bon Lafontaine :
Un Roi fit de l'un d'eux son Ministre ; et jugéz
Combien de ses états le sort était prospère !
Rendre le peuple heureux était sa seule affaire :
Point d'intrigues, de vols impunis, protégés,
Point de comptes grossis : le rare Ministère !
De toute fourberie ennemi généreux ;
Des pièges de la Cour sa vigilance extrême
Défendait ce monarque heureux ;
Il osait le défendre même
Des faiblesses du cœur, écueil plus dangereux ;
Révélant à la fois à son pouvoir suprême
Sous un masque trompeur le vice révéré,
Et l'homme de bien ignoré.
Ce beau jour cependant eut aussi ses orages :

Est-il auprès des Rois de bonheur sans nuage ?
Le Prince était puissant, et l'état prospérait ;
Mais pour les courtisans c'est-là la moindre affaire,
   L'important c'est leur intérêt.
Nul moyen de tromper sous ce censeur austère ;
   De ses regards observateurs
 Comment se délivrer ? le Prince était dans l'âge,
   Pétulant, inquiet, volage,
   Pour qui trop souvent les censeurs
Paraissent importuns ; sous de noires couleurs
On lui peignit le sien; enfant faible et timide
De ce fâcheux mentor n'osait-il s'affranchir ?
Lui faudrait-il toujours marcher après un guide ?
   Était-il Roi pour obéir ?
Bref, le Prince vaincu par sa propre faiblesse
Laissa de son Ministre ébranler le crédit,
   Lui-même en peu de temps sentit
Que s'il ne l'éclairait il perdait sa tendresse,
Et le prenant à part il lui fit ce récit:

   Un jour dans la verte prairie
Un taureau s'égarant s'éloigna du troupeau ;
   Le soir vient ; tout rentre au hameau ;
Lui seul est demeuré ; mais la fortune amie
   Fit que le chien qui l'aperçut

Pour le ramener accourut.

« Laisse-moi dans cette onde pure

Me désaltérer un moment ,

Lui dit l'animal mugissant ;

Comment puis-je quitter cette fraîche verdure

Sans avoir appáisé ma faim ?

Encor deux coups de dent, et je te suis. « En vain

Le gardien soigneux et fidèle

Lui montre le soleil prêt à quitter les cieux ,

Que les bergers sont loin ; qu'un bois voisin récèle

D'ennemis des troupeaux un essaim dangereux

Le taureau n'en tient compte et broute de son mieux :

Bientôt même , ingrat et rebelle ,

On le vit de ses dards frapper le chien surpris ,

Qui , tout entier aux soins que lui montrait son zèle ,

N'en attendait pas un tel prix.

Son triomphe fut court ; de la forêt prochaine

Un tigre l'aperçut, privé de son appui ,

Et fondant aussitôt sur lui

L'eut bientôt terrassé sans peine.

Sire , ainsi j'ai voulu vous sauver malgré vous ;

Vous pouvez d'un seul mot punir ce zèle extrème ;

Satisfaites votre courroux

Plaise aux Dieux seulement que vos passions même

Sur vous ne me vengent enfin ,

Comme le tigre fit le chien !

FABLE IV.

Les Perdrix.

» Connais-tu la grande nouvelle ?
Dit un jour à sa mère une jeune perdrix ;
     Des humains la race cruelle ,
Enfin , à la pitié se montre moins rebelle ;
     Les douces mœurs du temps jadis
Vont régner de nouveau ; l'âge d'or recommence ;
Nul chasseur désormais ne tirera sur nous ;
J'ai moi-même n'aguère entendu la défense ,
     Nous ne verrons plus sous leurs coups
     Tomber nos amis et nos frères ;
Que béni soit le ciel qui pour ces temps prospères
A gardé ma jeunesse ; et plus heureux encor
Ceux dont l'œil s'ouvrira sous ce beau siècle d'or » !
     Ainsi son inexpérience
S'enivrait à l'aspect d'un avenir trompeur ;
     Jeunesse , hélas ! croît si vite au bonheur !
» Je voudrais te laisser ton heureuse ignorance,
     Lui dit sa mère avec douleur :
Mais l'homme aurait bientôt dissipé ton erreur.

Pour que le peuple ailé puisse se reproduire ,
Pendant la saison des amours
Son avare fureur semble épargner nos jours :
Mais ce n'est en effet que pour mieux nous détruire
Qu'au meurtre il renonce un moment.

Tel est le repos du méchant.

FABLE V.

L'Enfant et les Biscuits.

Pour acheter quelques douceurs ,
Certain enfant rodait chez tous les confiseurs :
Rien n'était de son goût ; que ce biscuit est fade !
Ces bonbons sont amers ; que ce sucre est mauvais !
 Bref , tout rebutait son palais ;
On lui tâta le pouls ; l'enfant était malade.

N'est-ce pas là ces gens inquiets , soupçonneux ,
 Qui ne savent voir autour d'eux
 Que malice et que fourberie ?
Un ami , disent-ils , c'est le bien de la vie :
S'il s'en trouvait de vrais que nous serions heureux !
Mais notre bonne foi fut si souvent trahie !
Quel malheur, en effet ! quoi, tout homme envers vous
 Fut méchant , fourbe et jaloux !
 Je vous plains , mon camarade ;
 Mais votre esprit entre nous ,
 N'est-il pas un peu malade ?

FABLE VI.

Les Boeufs et le Singe.

Non, ce monde, quoi qu'on en dise,
Ne fut point fait pour les tyrans;
Quand la vertu gémit sous le joug des méchans,
Convenons-en avec franchise,
C'est la faute des bons; et tant qu'elle montra
Activité, valeur, prudence,
Le crime fut vaincu; témoin Catilina.
La force des méchans est dans notre indolence;
Osons attaquer leur puissance,
Et soudain elle croulera.

Chez certain peuple d'Italie,
Dame Discorde un beau jour s'installa;
Vingt partis pour son bien déchiraient la patrie;
Tous ayant eu leur tour, la puissance avilie
Aux derniers des mortels de main en main tomba.
Jugez comment ils en usèrent,
Et que de gens de bien sous la hâche expirèrent!
Gens de bien, non de cœur, troupeau faible et trem-
blant,

Qui, sans songer à bien vendre leur vie,
Mettaient leur gloire à mourir saintement.
Un sage en eut pitié : « si c'est-là seulement
Votre recours, la tyrannie
Durera, leur dit-il, plus d'un jour sûrement.
Les tyrans craignent peu la victime qui prie :
Prions le ciel, mais armons-nous ».
» Non, dirent-ils, courbons la tête ;
Du ciel respectons le courroux ;
Il punit nos péchés, sa volonté soit faite.
Les tyrans tomberont dès qu'il l'ordonnera ».
Que répondre à ces raisons-là ?
Le sage, sans autre prologue,
Leur raconta cet apologue :
Au temple de Jupin on amenait cent bœufs :
Un singe, vieux routier, singe rempli d'étoffe,
Voire même un peu philosophe,
Raillait ces animaux qui, si forts, si nombreux,
Se laissaient en moutons traîner au sacrifice.
» C'est l'ordre de Jupin ; il faut qu'il s'accomplisse ;
Dirent-ils, notre sang à l'autel est promis. »
« Soit, mais qui vous donna ces cornes menaçantes?
» C'est Jupin.-Et pourquoi?- Pour qu'à nos ennemis
Nous en fissions sentir les atteintes puissantes.
» - Eh ! sachez donc vous en servir.

4

Cet oracle est plus sûr je pense :
Jupin ne condamne à périr
Que ceux qu'il a faits sans défense ».

Ce singe avait raison ; vous qui sans résistance
Laissez de vils tyrans vous conduire au trépas,
J'ignore s'il est vrai que Dieu fit leur puissance ,
Mais je sais bien qu'il fit vos bras.

FABLE VII.

L'Enfant qui veut devenir riche.

Un jour de Fête avec son père
Certain enfant se promenait,
Et d'un œil avide observait
Tous ces riens dont le faste insulte à la misère :
Ravi de cet aspect brillant,
« Tu devrais bien , disait l'enfant,
Faire fortune aussi : vois ces riches parures ,
Cet or , ces diamans, ces superbes voitures ,
Nous en aurions comme cela :
En nous voyant passer on dirait : les voilà !
Il me semble m'y voir déjà :
Que de bonbons , de confitures ,
A dîner nous aurions tout l'an ,
Un faisan.
Que mes jeunes amis partageraient ma joie !
Que je leur ferais de cadeaux !
Quel bonheur de finir les maux
De tant d'infortunés à la douleur en proie ! »
Pendant ces rêves généreux ,

Un ancien ami de son père,
Évitant leur approche, et détournant loin d'eux
Sa vue indifférente et fière,
Passe et s'éloigne; » eh quoi ! ne nous connaît-il plus !
Dit l'enfant surpris et confus :
Il était bon, sensible; il t'aimait; ah ! peut-être
Avons-nous quelque tort; il faut le reconnaître,
En témoigner ta peine; il le pardonnera :
Tu souris; ce n'est pas cela ?
Quel motif lui rend donc notre vue importune ?
» Il est vrai qu'il m'aimait, mon fils; depuis ce temps
Sur lui le Dieu de l'or a versé ses présens ».

» Ah ! papa, ne fais pas fortune !

FABLE VIII.

Le Cheval, le Boeuf et la Tortue.

Près d'un coursier, dans la prairie,
La tortue et le bœuf paissaient de compagnie ;
Le poste étant peu sûr tous trois délibéraient
 Sur la défense qu'ils tiendraient
Si contre eux, tout à coup, de la forêt prochaine
 Quelque assaillant fût survenu.
 » Pour moi, dit l'animal cornu,
 Sur le tronc noueux d'un vieux chêne,
Naguère j'essayai la pointe de mes dards ;
 Si mon espérance n'est vaine
 L'ennemi contr'eux avec peine,
 Trouvera d'assez forts remparts. »
» Et moi, dit le coursier, préparant sa ruade,
Si je vise aussi bien que je frapperai fort,
 Ou je vous l'étends roide mort,
Ou croyez, mes amis, qu'il sera bien malade ».
 Mais l'animal porte-maison

Ne disant mot », et vous, commère, lui dit-on,
　　Si quelqu'un nous cherche querelle,
　　Que ferez-vous ? « Pour moi, dit-elle,
Je n'ai, vous le savez, point de cornes au front ;
Ni mes dents, ni mes pieds n'ont force suffisante
Pour blesser l'ennemi ; cette écorce pesante
Est ma défense unique, et bien exactement
Je m'y renfermerai. « Dans ce cas, notre infante,
　　Lui dirent-ils, en s'éloignant,
Vous pouvez rester seule. « On évite de même
　　Quiconque n'est bon que pour soi.
　　Fais pour autrui comme il ferait pour toi ;
　　Ce fut toujours la loi suprême.

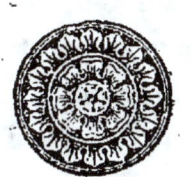

FABLE IX.

Aux Mères.

Parmi tous les êtres divers
Un seul est à mes yeux tout-à-fait indomptable;
Tâchons d'en tracer en ces vers
Une image reconnaissable.

Point de châtiment redouté
Qui le subjugue, ou de bonté
Qui l'attendrisse et l'amadoue:
On le voit se roidir contre la fermeté,
Et de la douceur il se joue.
Par quel nœud le tenir lié?
Ne lui parlez point d'amitié,
Son unique ami, c'est lui-même;
Ne lui parlez non plus de devoir, de raison:
Connaît-il seulement de nom.
Ces êtres importuns! Régulateur suprême,
Sur lui tout doit se façonner;
Lorsqu'il rit tout doit badiner;
S'il boude, tout doit être triste:
Son caprice est sa loi; quoique fort égoïste

Son intérêt et son plaisir
Ne sont qu'au second rang ; pour mieux vous
contredire
Il pourra bien souvent s'amuser à se nuire ;
Et loin que par des soins on puisse l'attendrir,
Si vous ne lui cédez sans cesse
Il mord la main qui le caresse.

Eh bien ! cet être redouté,
Et qu'à former pourtant on semble se complaire,
Quel est-il ? Tremblez faible mère
C'est un enfant gâté.

FABLE X.

Le Roi et l'Esclave

Amitié, de mon cœur divinité chérie,
Par toi j'ai commencé, je finirai par toi :
Premier, et dès long-temps seul charme de ma vie,
Puis-je dire assez bien tout ce que je te dois !

Qu'est-ce la gloire en effet ? Un vain bruit : des
couronnes,
Les soupçons, les dégoûts altèrent la splendeur ;
L'amour peut en passant nous montrer le bonheur,
Mais, ô tendre amitié, toi seule tu le donnes :
Tu sais, sans le troubler enivrer notre cœur.
Eh ! quel plaisir sans toi conserve quelques charmes ;
Quelle peine avec toi ne devient un plaisir !
Ce monde, vieux séjour du deuil et des alarmes,
Fait oublier le ciel à qui sait te sentir.
Oh ! comment retracer ton image adorée !

Un regard, une main serrée,
Et de deux cœurs émus les battemens pressés,
Te voilà : quels discours en diraient davantage !
C'est-là ton plus puissant, ton unique langage ;
Pour l'ami véritable il en sait dire assez.

Mais loin celui dont l'âme altière , impatiente ,
Ne veut que commander , qu'exiger, que ravir ,
Et ne connut jamais l'égalité touchante
Qui donne tour à tour le bonheur d'obéir !
Loin le cœur sec et froid qui , nourri de lui-même ,
N'éprouvant qu'en lui seul la joie ou la douleur ,
Ne sait rien immoler au bien de ce qu'il aime,
Et d'un plaisir donné ne sent pas la douceur !
Imprudens, croyez-vous par de dures entraves
    Remplacer un lien si doux !
Vous, des amis ! allez et cherchez des esclaves :
Régner sur un cœur libre est au-dessus de vous.
Tant que le sort vous rit ; tant que sur votre tête
Sa constance d'un jour fait tomber ses bienfaits ;
    Vous aurez tout ce qu'on achète :
    Mais des amis , jamais.

    Dans un empire de l'Asie
    La peste exerçait sa fureur ;
Des célestes décrets horrible exécuteur ,
Chaque instant augmentait sa faim mal assouvie ,
Chaque instant de la mort grossissait la moisson.
Pour d'effrayans tableaux quelle riche matière ,
    Et qu'il serait aisé de faire
    Une belle description ,
    Si déjà Lucrèce et Virgile

N'avaient pris les devans ; passons outre ; le Roi
Lui-même en fut atteint ; c'était un prince habile,
Politique, vaillant, jettant partout l'effroi ;
Des bienfaits pas un mot. Ses courtisans avides
Qui du peuple opprimé dévoraient les subsides,
Étaient tout feu pour lui ; mais c'était un amour
              De Cour.
   Quand ils virent qu'en proie à ces maux incurables
Ceux qui l'approcheraient partageraient son sort,
      Son palais fut désert d'abord :
Les Rois ont, pour juger des amis véritables,
Deux conseillers tardifs, le malheur et la mort.
Ce prince délaissé sur sa couche mortelle
Appelant vainement une main fraternelle,
      Vit un esclave auprès de lui
Atteint du même mal, à son heure dernière,
      Par un autre esclave servi.
     Quoi ! pensait-il avec colère,
Un esclave ignoré, vil rebut des humains,
Est soigné, secouru ! ce mortel tutélaire
Brave pour le servir ses horribles destins !
» Esclave, lui-dit-il, plus heureux que ton maître,
Qui donc auprès de toi s'ose exposer ainsi ?
Qu'espère-t-il de toi ? Qu'as-tu pu lui promettre ?
Que peux-tu lui donner ? « Moi, rien ; c'est mon ami.

FABLE XI.

Le Courtisan, le Soldat et le Chasseur.

A qui fait son devoir on ne doit que l'estime :
Mais s'imposer soi-même un effort généreux
    Dont on peut s'exempter sans crime,
C'est ainsi qu'un mortel se rend digne des cieux.

    Jadis dans la Crète fertile
Tous les ans se donnait un prix bien glorieux ;
    Au plus fort ? non ; au plus agile ?
    Point du tout ; au plus vertueux.
Les dieux bavards, qui dispersent la gloire,
N'auraient pas dû de ces nobles combats
    Laisser s'éteindre la mémoire :
Mais comme ils se faisaient sans faste, sans fracas ;
    Les poëtes n'en parlaient pas ;
Chacun des concurrens était cru sur parole,
Encor que nul témoin n'appuyât leurs discours :
    Enfans de ce siècle frivole
Pourquoi sourire ainsi ? je parle des vieux jours.

Un jour donc aux regards de la Crète enchantée
Trois rivaux balançaient la palme disputée ;
Un habitant des cours , un chasseur , un guerrier :
  Le chasseur parlant le premier,
» Hier , dit-il au fond d'une vallée obscure,
En un lieu retiré de tout regard humain ,
Armé de mon carquois, et mon arc à la main,
Sur les traces d'un cerf errant à l'aventure,
  Je vis mon plus grand ennemi
  A l'ombre d'un chêne endormi.
  Sortant de sa sombre retraite;
  Soudain , un énorme serpent
  Parmi les herbes se glissant ,
  Pour le piquer lève la tête ;
Je l'abattis d'un trait , et voulant épargner ,
  A sa haine trop inflexible,
De mon bienfait le souvenir pénible ,
  Je passai sans le reveiller.
L'assemblée applaudit ; mais l'enfant des alarmes
  Se lève et dit: » dans ces derniers combats
Où nos fiers ennemis sont tombés sous nos armes,
Le premier de nos chefs dut la vie à mon bras.
Chargé de décerner le prix de la vaillance ;
» C'est à toi de guider mon esprit incertain ,
  Me dit-il ; la reconnaissance

Fait peut-être en mes mains trébucher la balance ;
Pèse, juge toi-même, et ton choix est le mien ».
 De mes rivaux à cet honneur suprême,
  Long-temps j'examinai les droits :
Je vis que de l'un d'eux les travaux, les exploits
  Surpassaient les miens, et moi-même
  Je le nommai ». Tout d'une voix
On applaudit encor ; à son tour avec grâce
L'habitant de la Cour aux juges s'adressa ;
  Un courtisan ! que fait-il-là ?
  Va-t-on dire : et pourquoi l'exclure ?
Ne peut-on à la Cour trouver une âme pure :
Montauzier et Sully n'y vécurent-ils pas !
  Il en est peu de cette espèce,
Mais il s'en trouve enfin, et le nôtre en était.
» Près d'obtenir, dit-il, une place honorable,
Vingt rivaux contre moi conspiraient en secret,
  Mais un seul m'était redoutable ;
  Le Prince entre-nous balançait.
Un jour pour satisfaire une indigne vengeance,
Un perfide, long-temps ami de mon rival,
Me montrait une lettre où dans sa confiance
D'un favori du Prince il osait parler mal :
» Au Roi, me disait-il, je vais la faire lire,
  Croyez-vous que notre ennemi

De la Cour à l'instant ne sera pas banni » ?

« Voyons , dis-je , et je la déchire.

Mille cris aussitôt dans les airs répandus

Le proclament vainqueur , et ses rivaux émus,

Loin de regreter la victoire,

Célèbrent eux-mêmes sa gloire ;

Ils firent leur devoir , lui seul avait fait plus.

FABLE XII.

Le Lac.

Sur le sommet d'un mont, un lac aux claires ondes
Accusait de ses bords l'obstacle injurieux,
Qui repoussant l'effort de ses flots écumeux
L'empêchait de régner sur les plaines fécondes.
　　» Renversant ce mur envieux,
Ne puis-je, disait-il, m'étendre sans mesure,
Et comme l'Océan, ne voir dans la nature
　　Que moi-même et les cieux ?
Afin de l'égaler imitons ses orages;
Que celui, dont l'orgueil veut enchaîner nos eaux,
Succombe sous nos coups. » Soudain vers ses rivages
Il soulève à grand bruit, il pousse tous ses flots.
Sous cet immense choc la rive enfin vaincue
S'ébranle et croule au loin : le lac victorieux
Roule du haut des monts ses flots ambitieux ;
Mais bientôt absorbé par l'immense étendue,
Il s'affaiblit, se perd, et disparaît aux yeux.

Ce lac est votre image, ô puissans de la terre !
Ses bords, ce sont les lois : ressouvenez-vous bien
Que si votre pouvoir y trouve une barrière,
　　Il y trouve aussi son soutien.

FABLE XIII.

Le Sage et ses deux Élèves.

A M.ʳ V. V.

Professeur de Rhétorique au Collége de Nimes.

D'un sage d'autrefois ; d'un parfait précepteur
  Prêt à retracer le modèle,
  Ce sujet soudain me rappelle
  Ton souvenir cher à mon cœur,
  Savant modeste, sage aimable,
Que comme un ami tendre, un guide secourable
  Chaque élève estime et chérit ;
Quel charme les gagna, quel nœud te les unit ?
  Ce savoir, cette raison sûre,
Flambeau dont nul en vain ne s'approcha jamais ;
  Qui, tour à tour de la nature
Sans ombre à nos regards montre tous les objets,
Peut te faire admirer : mais est-ce assez pour plaire ?
  Le charme est dans ton caractère !
  Dans l'antique simplicité,
  La douceur, l'aimable indulgence

5

Et la touchante bienfaisance
Que nous aimons en toi. Reçois avec bonté
L'hommage obscur de ma reconnaissance,
 Et pour mieux l'agréer, ne pense
 Qu'au sentiment qui l'a dicté.

Un prince avait un fils qui touchait à cet âge
 Où la raison perçant enfin
Demande qu'une habile main
Dans ses premiers efforts la guide et l'encourage.
 Aux regards de ce sage Roi
 Nul dans sa cour ne sut paraître
 Fait pour cet important emploi
 Et digne d'élever son maître.
Enfin, en parcourant ses immenses états,
Il vit un sage, un seul ! sans doute, heureux encore :
 Combien de peuples n'en ont pas !
Loin de ce vain éclat que le vulgaire adore ;
Vivant dans la retraite auprès d'un jeune fils,
 Par son exemple autant que ses avis
 Il formait sa docile enfance.
 Le prince, à ses soins vigilants
 De l'état commit l'espérance ;
 Il ne lui marqua point de temps :
» Quand il sera, dit-il, bien maître de lui-même,
 Humain, sincère, et que son cœur

D'un devoir accompli sentira la douceur ;
Qu'appuyer la faiblesse, adoucir le malheur
      Sera pour lui du rang suprême
Le plus bel attribut ; ramenez-le vers moi.
Mais si Dieu me gardait le coup le plus terrible ;
Si, malgré vos leçons égoïste insensible
Son cœur de ses désirs fait son unique loi ;
      Du monde que mon nom s'efface !
Que je sois, s'il le faut, le dernier de ma race
Plutôt qu'à mes sujets donner un mauvais Roi » !
      Après ce souhait mémorable,
      Mais qui sent un peu trop la fable,
Le Roi part en pleurant, laissant son fils chéri
      Entre les mains de notre sage.
Rien n'arrête du temps le rapide passage ;
      Un an de trois autres suivi
Déjà s'est écoulé ; déjà son ministère
Étant rempli, le sage amène vers son père
Le prince avec son fils, que les mêmes penchants
Le même âge unissaient. Des l'abord on admire
Leur grâce, leur douceur ; propos nobles, touchants,
      Tout plait en eux et tout attire.
Le bon père ravi, dans ses embrassements
      Oubliait de sa longue absence
La peine et les ennuis ; quelle douce espérance !

Que de bonheur pour ses vieux ans !
Il pourra donc laisser sans remords et sans crainte,
A ce fils bien aimé les suprêmes honneurs ;
Et se survivre en lui , lorsque sa cendre éteinte
Recevra de son peuple et l'hommage et les pleurs !
Pourtant en observant d'une âme plus rassise
Les deux jeunes amis , il voit avec chagrin
Que l'autre est plus instruit, plus doux, meilleur enfin:
Au sage il en marqua sa peine et sa surprise :
» Je ne puis le nier , répondit celui-ci,
Et cependant mes soins n'en sont pas responsables ;
Car je n'ai pu, Seigneur, cacher jusqu'aujourd'hui
A l'un qu'il doit avoir besoin de ses semblables ,
A l'autre qu'ils auront un jour besoin de lui ».

POÉSIES

DIVERSES.

La mort du méchant.

Viens, Ange des tombeaux, viens, ce séjour
       t'appelle !
Pour un des fils d'Adam le dernier jour a lui :
Un mortel va frapper à la porte éternelle
Le fantôme du monde est déjà loin de lui.
Pourquoi donc ces terreurs ? La mort est un refuge :
Est-ce ainsi qu'à son père un enfant va s'offrir !
Son père ! il n'en a plus : il en a fait un juge :
      C'est un méchant qui va mourir.

Voyez ! autour de lui ses fils d'un œil avide,
Des dernières douleurs calculent les progrès :
Pas un cœur n'est ému ! pas un œil n'est humide !
Ils ont appris de lui l'oubli de ses bienfaits :

Horrible en son malheur, à peine de son charme
La pitié qu'il brava l'ose-t-elle couvrir :
Seul, le juste opprimé trouve encore une larme
    Pour le méchant qui va mourir.

Les fantômes sanglans dont il peupla l'abîme,
Effroyable couronne, entourent son chevet ;
C'est par eux que l'enfer réclame la victime ;
Son défenseur céleste est demeuré muet :
Où fuir ! quel Dieu pour lui pourrait être accessible ?
Il n'a que le néant, il ose y recourir :
Le néant reste sourd ; tout doit être insensible ;
    C'est un méchant qui va mourir.

Déjà, pour s'empresser vers l'idole nouvelle,
Les flatteurs ont détruit ses stériles autels :
Il meurt, aucun ami d'une larme fidèle
Ne viendra consoler ses mânes criminels.
Le monde a pressenti l'éternelle sentence :
Quel sera son destin dans le saint avenir ?
Le repentir peut-être appela la clémence
    Sur le méchant près de mourir.

Souvenir à ****.

Toi que même sans espérance,
Seule je dois aimer toujours,
Par qui de vingt ans d'existence
J'ai vécu du moins quelques jours;
Sur ces lignes sans suite, où l'amant qui t'adore
Répand ses souvenirs, sa flamme et ses regrets,
Dois-tu jeter les yeux jamais?
Si nos cœurs s'entendent encore,
Si mon nom prononcé fait palpiter ton sein,
Si le fleuve des ans dans sa course impuissante
Sur ton amour se brise en vain,
Lis, lis, et mouille-les d'une larme brûlante:
Mais si pour toi le passé s'est éteint,
Si de tes sentimens la source vive et pure
Par l'absence et le temps put enfin s'épuiser,
Si du premier amour, avant de se briser,
Ton cœur put guérir la blessure;
Si mon image à tes regards émus,
Dans tes songes n'apparaît plus;
Ah! ne lis pas ces vers, dans mon erreur cruelle
Chacun d'eux contiendrait un reproche pour toi....

Qu'ai-je dit ! je le sens ; tu m'es toujours fidèle :
   Lis et pleure avec moi.

Que sont-ils devenus ces jours où l'espérance
   Nous berçait d'un rêve enchanteur ?
Que le monde était beau de ta seule présence !
Ton amant, du destin défiant la puissance,
Ne pouvait près de toi concevoir le malheur :
   Ton seul aspect changeait tout en délices ,
Des plus affreux cachots , des plus cruels supplices
   Il eût charmé l'horreur ;
A tes côtés pour moi tout était le bonheur :
Tout , un regard ; nos mains furtivement pressées ,
La fleur que pour t'offrir je cueillais le matin ,
   Et qui le soir parait ton sein ,
En un chiffre amoureux deux lettres enlacées ,
Deux noms chéris , cent fois répétés tour à tour ,
Un mot, un geste, un rien... S'il en est pour l'amour !

Que j'aime à rappeler , en mon âme flétrie ,
   Tous ces riens qui font le bonheur ,
   Qu'amour dore de sa magie ,
Dont sourit la raison, dont palpite le cœur !
  Souviens-toi du moment où ton âme ingénue ;
Pour la première fois dévoilant son secret ,
Ne put à mes regards dissimuler le trait

D'une douleur trop imprévue :
Un soir nous étions prêts à goûter la douceur
De la promenade ordinaire ;
Déjà les noirs tissus de la paille légère
Réhaussaient de tes traits l'éclatante blancheur ;
Déjà mon sein battait d'avance
Près d'être touché par ton bras ;
Mais ta mère a d'un mot frappé notre espérance ;
Inquiète, elle souffre, elle ne viendra pas.
Que lentement alors ta main quitta la mienne :
Et par quel long regard tu me fis tes adieux !
Que d'amour je lus dans tes yeux !
Dévoré de regrets et d'espoir radieux,
Ton père loin de toi m'entraîne ;
De ses travaux, des progrès de son art
Long-temps il me parle, et s'étonne
Pendant qu'aveugle et sourd pour ce qui m'environne,
A ses savans propos je réponds au hazard.

Je vois encor ces jours d'alarmes,
Où les partis, dans leur fureur
Des lois qu'ils prétendaient assujettir aux armes
Secouaient le joug protecteur :
Devant nous apparait une troupe en furie,
Dont les cris menaçans jetaient au loin l'effroi ;

Ton bras presse le mien : « que crains-tu, mon amie ?
» Moi : rien ; répondis-tu : n'es-tu pas avec moi » ?
   Sans doute Dieu craignant que du céleste empire
Le bonheur ne parut un beau songe à nos yeux ,
Créa ce sentiment pur , constant , généreux ,
Qu'on ne sent qu'une fois , qu'un seul objet inspire :
L'innocence et l'amour : qu'ont-ils de plus aux cieux ?
O vous , qui savourez ces heures enchantées ,
Bénissez l'Eternel : mais ne demandez point
Que vos félicités soient encore augmentées :
Il a dit au bonheur : tu n'iras pas plus loin.

   Mais il parut enfin le jour, l'instant suprême,
Où ta pâleur, ton œil par les larmes terni,
Apprirent à mon cœur, avant ta bouche même,
Que déjà du bonheur le rêve était fini.
     O jour, abreuvé de nos larmes ,
Qui m'eut dit que bientôt les rigueurs de mon sort
Me feraient regreter ton deuil mêlé de charmes :
Je la voyais du moins , je lui parlais encor.
» Quoi, disais-je, sitôt tu vas m'être ravie !
Comment pourrai-je apprendre à vivre loin de toi !
O dieu ! qui m'imposez une si dure loi,
Dieu , qui me séparez de mon unique amie,
Soyez sensible aux vœux de nos cœurs éperdus :

Je vous donne toute ma vie
Pour un jour , un seul jour de plus »!
Alors fixant sur moi tes yeux mouillés de larmes,
» Pourquoi désespérer ? me dit ta douce voix :
Nous en aurons plus d'un. » O mots remplis de
charmes,
Que depuis ma douleur répéta mille fois,
Vous m'avez donc trompé ! dans sa route inclinée,
L'astre du jour cinq fois a ramené l'année,
Cinq fois par les frimats nos champs furent blanchis ;
Mais ils ne viennent point ces jours que tu promis !
Oh ! quel tu m'avais fait ! la piété sincère,
Trésor du sentiment qu'une triste lumière
Prétend détruire , hélas ! et ne remplace pas ;
La tendre humanité , le sublime courage ,
Dans mon âme étaient ton ouvrage ;
De l'amour vertueux ils suivent tous les pas.
Je voyais la vertu sous ta divine image :
En toi mon cœur l'aimait , il l'aimait comme toi.
Pour rester digne de ta foi
Quel sacrifice alors ne m'eût été facile !
A quel danger n'aurais-je pas souri !
Et maintenant lassé d'une attente inutile,
De vains efforts, de vains regrets flétri ,
Depuis que j'ai vu disparaître

Le dernier espoir du bonheur,
Quel objet peut frapper, peut émouvoir mon cœur ;
Suis-je le même encore , et que fais-je de l'être !
Vivant d'un bien passé qui ne peut revenir ,
Au temps qui dévora ces heures fortunées
     Je dispute leur souvenir ;
Dépourvu de présent , dépourvu d'avenir ,
Et laissant fuir les jours , les saisons , les années
     Sans les compter, sans les sentir.

Le Dieu ou la Bête.

ROMANCE.

MONTGOLFIER à nos yeux surpris
S'élance et disparaît au séjour du tonnerre ;
Sous ses regards s'étend et s'obscurcit la terre....
    L'homme est-il un Dieu, mes amis ?
    Mais plus loin, Grégoire en goguette
Sous la table témoin des bachiques combats,
    Tombe, roule et ne le sent pas...
    Amis, l'homme est-il une bête ?

    Là, par ses regards attendris,
La jeune amante à peine ose dire qu'elle aime :
Un coup d'œil, un sourire est le bonheur suprême...
    L'homme est-il un Dieu, mes amis ?
    Cette autre, quand l'ombre discrète
Dans la ville aux sept monts a voilé les objets,
    De Claude quittant le palais....
    Amis, l'homme est-il une bête ?

Captif des hordes Africaines ;
Tu ne crois plus revoir ton épouse et tes fils :
Mais pour t'en délivrer Vincent revêt tes chaînes...
L'homme est-il un Dieu, mes amis ?
Vainqueur à son horrible fête,
Sans effroi, sans remords, le cannibale assis
Dévore les vaincus rôtis...
Amis, l'homme est-il une bête ?

Un chrétien, tel qu'au temps jadis,
Dépouillant sans regret l'enveloppe mortelle,
Sourit et tend les bras au père qui l'appelle ;
L'homme est-il un Dieu, mes amis ?
Quand sa dernière heure s'apprête,
Sans crainte et sans espoir Lalande en expirant,
Ne sait nommer que le néant....
Amis, l'homme est-il une bête ?

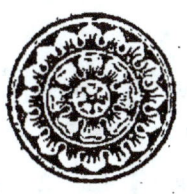

Les trois rêves.

ROMANCE.

O sort , ainsi dans ta pesante chaîne
  L'homme s'enlace au sortir du berceau ;
Jouet de tes faveurs non moins que de ta haine ,
De rêve en rêve , hélas ! ta main de fer l'entraîne
  Au sommeil du tombeau.

  Rêve d'amour a séduit son jeune âge ;
  Crainte et désir font palpiter son cœur :
Du bonheur qu'il poursuit il entrevoit l'image :
Triste et rapide éclair , tu brilles , et l'orage
  Redouble encor d'horreur.

  Ah ! malgré lui ce rêve l'abandonne :
  Rêve de gloire appelle son orgueil ;
L'envie au loin s'élève , et la tempête tonne
Pauvre , errant et proscrit, la tardive couronne
  Ornera son cercueil.

Pour effacer les pertes qu'il déplore ,
Douce amitié garde-lui tes appas :
Seule reste fidèle au malheur qui t'implore ;
O mes amis, du moins si c'est un rêve encore
Ne nous réveillons pas,

Le combat des Dieux.

ILIADE, CH. XX.

LES Dieux se sont mêlés à la troupe mortelle :
Sur leurs pas a volé la discorde cruelle ;
Pallas s'élance et crie ; à sa tonnante voix
Des fossés à la mer le camp tremble à la fois :
Mars, tel qu'un tourbillon, du Xanthe aux murs de
   Troie,
Fait retentir les cris de sa terrible joie ;
Loin des guerriers Troyens sa voix chasse la peur.
 Ainsi des deux partis allumant la fureur,
Un choc plus effroyable a mêlé les dieux même :
Jupiter dans l'olympe arme sa main suprême ;
Redoublant coup sur coup ses terribles éclats,
Sa foudre donne au loin le signal des combats :
Sous l'effort du trident le souverain des ondes
Fait chanceler les monts dans leurs bases profondes ;
Du sourcilleux Ida le front s'est ébranlé :
La plaine, les remparts, les vaisseaux ont tremblé ;
De ce vaste fracas l'enfer même s'étonne :

6

Pluton épouvanté s'élance de son trône ;
Il s'écrie ; il a peur que le monde entrouvert
Ne laisse entrer le jour dans la nuit de l'enfer ;
Ne découvre aux regards ces Royaumes funèbres,
Triste et hideux séjour d'éternelles ténèbres ,
Que l'œil même des Dieux ne peut voir sans effroi.

FRAGMENT
DES GAULOIS

TRAGÉDIE (1).

ACTE I.

SCÈNE I.

*Délibération dans le Conseil des Gaulois
à l'approche de César.*

LIGER, MORCOMAN, SAGÉNÈS, RHEDORIX.

. . . .
. . . .

SAGÉNÈS.

J'écoute et je frémis :
J'avais cru jusqu'ici que pour un choix semblable

---

(1) En secouant la poussière du collége, il faut bien s'ac-
quitter du tribut, la tragédie de rigueur. Plus tard en rendant

Un seul moment de doute aurait paru coupable :
Et jamais en ces lieux ou n'avait mis aux voix
S'il valait mieux mourir ou recevoir des lois.
O vous ! puisqu'il en est , dont le cœur délibère ,
Je ne vous dirai point ce que nous devons faire ,
Si nos villes en cendre , et nos champs ravagés ,
Nos frères , nos amis sur nos murs égorgés ,
Si de la liberté l'immortelle espérance ,
Nos périls , nos travaux , l'ardeur de la vengeance
Ne vous ont pas assez montré votre devoir ,
Pour le faire , ma voix n'aurait qu'un vain pouvoir.
Servez donc ces tyrans qu'ont vaincu vos ancêtres ;
Faites voir qu'un Gaulois peut vivre sous des maîtres ;
Pourvu que cette main par un prompt désespoir
Délivre au moins mes yeux de l'horreur de le voir.
N'est-ce donc que la mort où nous devons prétendre ?
Ne pouvons-nous [plus vaincre , ou du moins nous
    défendre ?
Pour ne plus espérer , quels sont donc nos revers ?
Cette Rome superbe , effroi de l'univers ;

à cette œuvre informe la justice qui lui est due , quelques
fragmens m'ont paru dignes d'être conservés : on peut au sortir
des classes faire quelques vers passables , quoiqu'on ne soupçonne
pas seulement ce que c'est qu'une bonne pièce.

Aujourd'hui triomphante et lasse de victoire,
N'aguère plus que nous a vu flétrir sa gloire ;
Annibal dans son sang a vengé l'univers :
Mais vint-elle à genoux lui demander des fers !
Vingt fois de ses soldats Pyrrhus couvrit la terre ;
Eh bien, dans ses malheurs plus terrible et plus fière
Pour conquérir l'empire elle a tout surmonté ;
Et nous, ferons-nous moins pour notre liberté ?
Le monde des Romains serait-il l'héritage !
N'ont-ils qu'à se montrer pour donner l'esclavage ?
Ne naît-on libre, amis, qu'à Rome, et les humains
Sont-ils tous des captifs échappés de leurs mains !
Que dis-je ? il est trop vrai ; quel mortel ne doit l'être,
Quand la Gaule s'abaisse et reconnaît un maître ?
Est-ce ainsi que vos cœurs imitent vos aïeux,
Eux qui ne craignaient rien que la chute des cieux,
Eux qui bravèrent Rome et la mirent en cendre ?
Ah ! comme ils frémiront alors qu'ils vont apprendre
Que leurs fils démentant leurs glorieux exploits
Ont tremblé devant Rome et reçoivent ses lois !
L'ignorez-vous encore, ou n'osez-vous le dire ?
Sous le nom d'alliance ils déguisent l'empire :
Rome ne cessera de troubler l'univers,
Qu'elle n'ait tout détruit ou tout mis dans les fers ;
Et depuis six cents ans qu'elle marche à l'empire,

De son secret enfin elle a dû nous instruire.

Les peuples qu'elle estime et qu'elle croit trop fiers

Pour servir en silence et recevoir des fers

Jusqu'à leur dernier jour éprouvent sa vengence :

Pardonna-telle à Véie , à Carthage , à Numance?

Mais ceux qu'elle méprise et qui peuvent servir ?

On leur permet, Seigneurs , de vivre et d'obéir ,

Et sous le joug pompeux dont Rome les honore

Ils l'aident à ranger ce qui resiste encore.

Ainsi, toujours domptant ou trompant l'univers ,

Les peuples l'un par l'autre ont tous subi ses fers :

Pardonnant aux plus vils, détruisant les plus braves,

Elle veut voir partout des morts ou des esclaves ;

Car avec de vains mots l'on n'en impose plus ,

Et l'on n'est point l'ami de ceux qu'on a vaincus.

Laissez ce nom pompeux dont votre vaine adresse

Colore lâchement sa superbe faiblesse ;

Dites : je veux des fers ; et rampant sous leurs lois,

Oubliez, s'il se peut , que vous êtes Gaulois;

Le fûtes-vous jamais ?

RHEDORIX.

Ami, qu'oses-tu dire, etc.

ACTE II.

SCÈNE III.

CÉSAR, ANTOINE.

ANTOINE.

. . . .
Sa perte pourrait seule affermir ta victoire.

CÉSAR.

C'est à me l'attirer que je mettrai ma gloire ;
Le peuple aveugle et faible est facile à dompter ,
Ce n'est que les héros que j'aime à surmonter.
Va , cesse d'approuver une indigne vengeance
A ma gloire contraire autant qu'à ma puissance.
Si contre les vainqueurs ce peuple est excité,
Nous l'attirerons-nous par une cruauté ?
De tant de conquérans si l'on en voit à peine
Qui sachent retenir les vaincus dans leur chaîne,
C'est qu'un tel avantage est le prix des vertus ;
C'est encor peu de vaincre, il faut plaire aux vaincus,
La Perse d'Alexandre a chéri la puissance ;
Ainsi que son courage , imitons sa clémence :

Un jour je forcerai ces farouches Gaulois
A se féliciter d'avoir suivi mes lois.

ANTOINE.

CÉSAR.

Pourquoi sur ma bonté conçois-tu des alarmes ?
J'ai servi les Romains ; je les sers, et mes armes ;
Sans doute en bien des lieux les ont rendu vain-
queurs ;
Mais j'ai fait plus encore en m'attirant des cœurs •
C'est par là qu'à leurs lois je soumettrai la terre ;
Et vaincre et pardonner sera ma vie entière.

SCÈNE IV.

CÉSAR, ANTOINE, RHEDORIX, GAULOIS.

CÉSAR.

L'Angletarre m'appelle, et ce peuple indocile ;
A l'abri de ces flots qui ceignent son azile,

Croit pouvoir se soustraire au sort de l'univers ?
Mais l'Aigle dès demain brillera sur les mers.
Je pars, je vais montrer à ce fier insulaire
Qu'il n'est point contre nous d'assez forte barrière ;
Et que son océan sans arrêter nos coups
Ne fait en l'arrêtant que le livrer à nous.

A M. L. de C.

Quoi ! vous voulez que ma muse sauvage
    Tente d'inutiles efforts :
      Au ton d'un léger badinage
Vous voulez adoucir mes sévères accords !
Empressé d'obéir à ce vœu qui le flatte,
Un ours demi-léché peut-il former pour vous,
      Pour votre oreille délicate,
Des sons assez légers, des accens assez doux ?
    Centre brillant de l'esprit et des grâces,
Paris, heureux berceau de vos plus jeunes ans,
      Vous a vu marcher sur les traces
      Des modèles les plus charmans :
      Ah ! si dans ces beaux lieux nourrie,
Mon enfance croissant sous des astres plus doux,
Avait pu s'enivrer aux sources d'harmonie
      Qui ne coulent point jusqu'à nous ;
    Plus digne alors du sujet qui m'inspire,
    Que j'aimerais à chanter sur ma lyre
Cet esprit, ces talens, jeunes et tendrs fleurs
Qu'on voit briller en vous sur le moment d'éclore,

Et l'éclatant midi que promet votre aurore ;
Et cette grâce enfin qui charme tant les cœurs,
Mais qui doit quelque jour les troubler plus encore !
  Je dirais la tendre amitié
   Qui sur les rives de la Seine,
  Loin de ces lieux tient votre cœur lié ;
   Doux lien qui jamais n'enchaîne
   Qu'un couple aimable, franc et bon :
  Essai du cœur, passion de l'enfance,
   Et dont l'objet est bien digne, je pense,
   Car elle a plus que votre nom.
Je chanterais surtout cette douceur naïve :
Dites, vous qu'elle orna du charme le plus doux,
   Quel est le maître, dites-nous,
Qui put si bien former votre enfance attentive ?
   Ah ! ceux dont vous tenez le jour,
Vous leur devez aussi tout ce qui nous enchante ;
   Esprit, bonté, grâce touchante
Vous furent enseignés au paternel séjour.
Puissiez-vous aux leçons d'une école si chère,
En savoir, en esprit grandir à tous momens :
Mais conservez toujours ce charmant caractère ;
   Car, croyez-moi, tous les talens
   Ne sont rien sans celui de plaire.

ERRATA.

Page 8 , ligne 9, d'Ileon , *lisez* d'Ilion.

  P. 16 , l. 12 , rendant, *lis.* rendront.

  P. 26 , l. dernière , combie , *lis,* colombie.

  P. 57 , l. 5 , qu'est-ce , *supprimez* ce.

  P. 60 , l. 9 , dispersent ; *lis.* dispensent.

A MONTPELLIER,

De l'Imprimerie de X. JULLIEN, Place Louis 16.

TABLE.

FIN DE LA TABLE.

www.ingramcontent.com/pod-product-compliance
Lightning Source LLC
Chambersburg PA
CBHW060432260626
47161CB00005B/1884